누근누근 캥거루

이 도서의 국립중앙도서관 출판예정도서목록(CIP)은 서지정보유통
지원시스템 홈페이지(http://seoji.nl.go.kr)와 국가자료종합목록
구축시스템(http://kolis-net.nl.go.kr)에서 이용하실 수 있습니다.
(CIP제어번호 : CIP2020020099)

형상시인선 27 김건희 시집

두근두근 캥거루

초판 발행 | 2020년 5월 30일
재판 인쇄 | 2020년 7월 15일
재판 발행 | 2020년 7월 20일

글쓴이 | 김건희
펴낸이 | 장호병
펴낸곳 | 북랜드
　　　　06252 서울 강남구 강남대로 320, 황화빌딩 1108호
　　　　대표전화 (02)732-4574, (053)252-9114
　　　　팩시밀리 (02)734-4574, (053)252-9334
　　　　등록일 | 1999년 11월 11일
　　　　등록번호 | 제13-615호
　　　　홈페이지 | www.bookland.co.kr
　　　　이-메일 | bookland@hanmeil.net

책임편집 | 김인옥
교　　열 | 배성숙 전은경

ISBN 978-89-7787-934-8 03810
ISBN 978-89-7787-935-5 05810 (E-book)

값 10,000원

형상시인선 27

두근두근 캥거루

김건희 시집

북랜드

自序

오래 걸었습니다, 가보지 않은 길…

당신의 뒷모습만 듣다가
당신의 옆모습만 읽다가

당신의 전부를 생각했습니다.

이마가 빛나는 당신의 숨소리 발소리까지
언젠가부터 깊이 읽고 들으면서
하늘도 쳐다보며, 셔터도 눌러가며
여기까지 왔습니다.

어깨에 올린 짐이 흔들리지 않는 보법
천천히 그러나 혼잣말이 아닌
이젠 그런 길을 걷고 싶습니다.

작은 것에서 큰 의미를 읽을 줄 아는
안목으로 함께 하겠습니다.

차례

• 自序

1

2

3

4

| 해설 |

1

돌탑

노을의 혀가 차오르는 강물에게 건네는 말
차곡차곡 씹어 올리다 보면
돌탑이 된다

닳아가는 말 알아들어
포개어지는 말 알아들어
한 권의 시집을 엮을 수 있다면
강의 바닥을 제대로 읽었다 말할 수 있으리

너로부터 닫혀 있는 나, 나로부터 닫혀 있는 너
노을 서성이는 강가에서
서로의 등에 얽힌 사연을 들춰
어떤 돌은 너를 닮았다고
어떤 돌은 나를 닮았다고

어디론가 흘러가는 강물에게
중얼거림을 하나 더 보탠다

위아래 구분되지 않는 탑을
우리는 그렇게 무던히 쌓기도 하고
하염없이
허물기도 하는 거였다

도약

추워 떨던 동굴
은둔자의 겨드랑이 안쪽까지
햇솜처럼 스며든 봄비

사라진 왕궁의 빈터에서
추수 못한 목화송이
먼 곳의 소문에도 아랑곳없이
가슴 열게 하는 봄비

큰 파도가 작은 파도에 안기듯
가지 타고 내려와
저도 모르게, 나도 모르게
나무뿌리 끝 젖을 때까지
스미는 봄비

겨울잠 들었던 뿌리 아래
웅크린 개구리들
굳어 있던 관절의 간극이
조금씩 말랑해지고

새소리 받아쓰기

전깃줄에 매달린 이슬이 곤돌라였나!
해가 창을 밀고 들어왔다

벤자민 라벤더가 자라 오르는 창 큰 베란다
째재재재쨱삐삐삐리리총초롱총초로로롱
수북한 새소리

멀리 있다고 들리지 않는 것이
새소리가 아닌 듯
가깝기 때문에 들리지 않던
저 지저귐, 오늘의 혀는 무겁다

고요와 분주가 자리바꿈하는 경계에서
그립던 너와 나의 안부
밤새 똑같았던 것인지

울컥 뱉어내기에 바쁜 해를
몸 안에 받아 적느라
분주한 잎새들

노을의 악보

사문진 나루 노을은 철새의 건반이다
물비늘 털며 날아오른다

어금니 꽉 문 물고기가 토해내는 음계

내일로 가는 강물은 꽃으로 벙글고 싶어
달포에 한 번씩 하얗게 씻기는 모래와 자갈
칸칸이 물결을 가둔 애증의 건반은
와글와글 생리혈 쏟아낸다

눈발도 반나절 이상 맨발로 서성이다
하늘로 간 뒤
강물에 던진 건 아픈 돌 하나

이제야 집에 이르렀다는 전화벨 소리, 강물은
나를 떠난 당신이 건넜을 여러 개의 별자리로
신호를 보내왔다

나른하던 강의 하복부는
찌르릉찌르릉 별빛 건너 밟는 통화음

노을 비친 강물을 악보로 읽던 새는
꼬리 펄떡이는 물고기 들어 올려
흑백의 연주는 완성되고

숭고하다

거참! 곱게도 늙은 문짝이다

색 바랬어도 눈빛은 살아 있다

소목장의 손이 닿던 기억을 꽃잎들이 놓지 않았다는 것
참 다행한 일이다

꽃살문에는 목어 소리 골라 먹는 벌레가 살아
끌날이 지르던 직선의 비명은 어디 가고 곡선만 남았다

평온하다, 결 따라 피지 못한 잔설의 눈물 자국도
기다림의 화두에 쉽게 눈을 떼지 못했던
이쪽과 저쪽의 기척

아무도 몰래 간간 흔들림의 세월을
꽃잎은 무던히도 견뎌냈다

닳아 문드러져도
숭고하다, 결로 남겨진 꽃잎의 본색

몽상가

고단한 땅거미 두 팔로 거둬들이는
산벚나무

발갛게 익은
바람의 지느러미 사이로
융단 없이도
길바닥 치맛자락으로 끌고 가는 봄비

마른 가지 사이로 흘러가는 꽃향기
어둠을 유혹하다, 흔들리는 고요가
폭죽처럼 터질 때
해넘이 하늘에 펄럭이는
다홍치마

붉게 열리고 닫히던 상상의 입술이
가쁜 호흡으로 휘감는 산허리

오래 버티다 떨어진 꽃잎일수록
살아서 꾸던 꿈은
매혹적이다

깊어진 별의 층계
맨발로 밟아 오른다

구두

닳은 댓돌 위에
내가 벗어놓은 구두는
밤새 질척이던 기침이 토해 놓은
붉은 가래였다
어머니를 데려간 대나무순 끝 하늘은
굽은 등이 밟던 댓돌을
들썩였다

평평한 돌 위에 누워 있는 구두
춤을 추듯 내려온 꽃비는
우묵한 발 자리가 연못인 듯
이리저리 낮아진 구두 안쪽을 살핀다

더 이상 닦아드릴 수 없는 당신 발에
긴 휴식이 들었다면 억지일 것
몇 번이나 일으켜 세우던
뒤축은 무거웠다

한동안 빈집을 지킬 댓돌 위에
신고 온 구두는 벗어 둔다

삽짝을 나서는 나는 맨발
눈감고 구름의 가속페달
꾸욱 밟는다

주홍 비행기

개미들 느긋하게 기어 다니는 뜰
석류나무가 붙들고 있다

자고 나니, 입 벌린 석류
어디론가 증발해버렸다고
한때의 기억으로 몰려든 참새들

열린 창으로 제 집인 양 들이민 고개
잠시 전화 받는 사이
뿔뿔이 사라지는 가짜뉴스

한나절 제 말 들어 보라는 재잘거림

주장 굽히지 않는 세상이라는 뜰
나무가 입으로 불 뿜는다는
입소문 고양이, 헛소문만 키웠다

겨우내 쓸 일기장을 미리 찢은 나는

쓸쓸해진 석류나무 향해 날릴
주홍 비행기를 접는다

발아래 많은 말 꾹 참고 있는 나무의 반경
붉던 공중이 이제 땅 위로 내린다

바람 한 점 접한 적 없어도
종일토록 풀잎을 흔든다

수선화로부터

하루에 책 한 권 팔기 어렵다는
해방촌 언덕의 서점 〈고요서사〉

한 사람이 주섬주섬 엉겁결에 몇 권을 집어 든다

누군가 이름을 묻자 수선화라고 한다

그녀에게 선물로 받은 시집 한 권
표지 들추자, 물을 달라는 알뿌리들의 아우성

눈동자 검은 거름을 모종삽으로 건넨다

책이 발화하는 소리는 그렇게 시작되었고
귀가 만난 꽃잎의 발소리들은
가만가만 해방촌에서 만난 그 사람을 닮아갔다

거미줄 낀 출입문 마른 종소리에
〈고요서사〉 수선화는 번갈아
어두웠던 시의 행간에 피우는 봉긋한 꽃

비로자나불

너무하다
한곳만 응시하느라 뒤틀린 몸통에서
뚝뚝 소리가 새어나오는데도
기름칠해주지 않는 당신

꽃가지들이 그림자로 퍼덕여도
궁금해 말고 잠자코 있으란다

계절이 여러 번 지날 때에도 날 찾지 않는 당신
어지럼증에 뻐근한 뒷골
뒤틀린 가부좌는 하소연할 데가 없다

오늘도 몸 웅크리고 견디는 저 화상
복장 뼈 안쪽엔 무럭무럭 자라는 사리舍利

꼼짝 않고 눌러앉아서
바람 적신 손으로
아픈 이마 짚고 있는 나를
당신은
언제까지 모른 척할 것인가

꽃의 자리

나갔던 상여가 꽃으로 돌아오는 곳에
벌통을 놓아둔다

눈꺼풀조차 가벼운가요? 거긴

꽁꽁 언 입술 어머니
자식 위해 꽃가루 나르던
그 들길 건너 야산에는 지금
눈조차 온통 시큰한 흰 섬

어머니는 가끔
항로를 놓치고 다시 회항하고 싶었던 걸까요
울음으로 놓던 다리를 펼친 지상에서
무덕무덕 피어나는 아카시아꽃

먼 길 휘어져 가며 흘린 눈물이
배꼽에서 말라버린 묘한 감정을 꺼낼 때
어머니 놓던 벌통을 이제

내가 옮겨다 놓는다

상엿집 앞에 펄럭이는
흰 부적들

금계랍에 울다

꽃산수유는
쓴맛의 진저리가
꽃으로 핀 것이다

가지마다 새근새근 매단 초유
젖줄 말라 쓴맛을 너무 빨리 알려준 어머니는
눈부심도 잠시였다

검은 돌담 위로 뛰어내리는
꽃들의 안달을
꽃피는 봄날에 알려 주었다

쓴맛에도 주린 배 벌들은 달라붙고
노란 가슴 헤치고 입술로 다가갔을 때
금계랍에 오그라드는 혀

그렇게 쓴맛은 봄 내내 얼룩으로 번지다가
오래된 장롱

배냇저고리로 남겼다

배꼽 떨어진 그해 나의 봄도
어지럼증이었겠다

  * 금계랍 : 열대나무의 수액에서 추출한 쓴맛의 생약

물총새 날리다

방금 눈뜬 어린 물총새가 갸웃갸웃
수초는 밀가루 뒤집어쓰고 소낙비에 젖어
철없이 첨벙거리다
새알 수제비인 듯 비비졌다

보글보글한 생각들을 강둑에 내려놓는다

이끼 젖은 바위는 아직도 잠결
생각의 물살에서 번개처럼 물총새 꺼낼 때
어슷썰기 할까, 채썰기 할까
칼등의 무거움은 아래로 흘렀다

눈대중으로 크기 재어보는 거긴
주방 저울 눈금 이리저리 흔드는 강

금 밟은 물안개 뒤에서 기웃거리는 햇살이
물총새를 내 모습으로 볼 때
꺼내온 묵상들로 아침상 차리는 하구는

둥글게 끓는 밥솥이다

흔들자, 푸시시 푸시시 떠나는 군단
이팝 꽃자리도 불안한 침묵에
안개는 어떤 발소리도 들려주지 않았다

막사발에 뜸들여 퍼 올린 쌀밥이
조리사의 하얀 가운을 자꾸 빌려 달라 조르자
냅다, 미끄덩한 껍질의 후미를 던진다

떠나는 물총새는 소실점을
저 혼자 지운다

놓다

명복공원 늙은 목백일홍
넘치게 꽃을 달았다

품 넓은 당신 내게서 멀어져갔듯
흐드러진 꽃잎은 또 다른 길 입구를 서성인다

머지않아 불길 지나가고 뼈만 남겠지

수골실 항아리는 입구부터 뜨겁고
하늘로 사라질 뿌연 연기의 무게
꼭 붙잡고 있다가 슬그머니 놓아주는

혼자 남겨진 한 생을
백일홍이 내려다본다

울음 그친 눈앞이
환할 때까지

소라의 넋두리

메밀꽃밭과
포말 일으키는 바다가
다르지 않았다

바람에 실린 이국의 노래
포세이돈의 사랑을 받고 싶었던
소라의 둥지는 나선형 동굴

마른 모래에 한쪽 어깨를 묻고
긴 잠을 자다
어느새 낡아버린 목선을
누가 산중에 띄워놓았나

달빛이 불 지른 잉걸불
떼로 몰려다니는 정어리 떼를
봉평에서 보고 왔다

물집 터지듯 달려 나온 파도에
귓등이 무겁다

룽다

　1
긴 줄에 늘어선 새벽 연등 흐려질 때
길 위 행렬은 일렁이는 깃발이다

봉정암 오르는 손들이 켜 든 불은
풀숲 사이 사슬처럼 너덜한 줄에 걸리고

진행 방향 끝에서 촘촘한 인연들
인드라망에 맺힌다

　2
빌고 간 소원의 분량만큼 목마른 깔딱 고개
올라온 쌀 포대 미역 봉지는
사리탑 앞에 내미는 소원지다

바위틈 자라는 나무도 잠든 길이 뒤척이며 흘러들 때
젖은 비옷 속에 파고들고 싶었는지도 모른다

3
지팡이가 탁탁 새기던 경전도
흙의 살갗에서 한 구비 한 구비 칼을 문 목판

넘어지면 일으켜 세워주는 어깨는
앙상한 뼈마디를 남겨두고
흡수강한 한지가 당기는 먹물

기도는 문질러 목판의 활자로 타오른다

4
빗물 고인 나리꽃은 우묵하다

목마름 꿴 두레박 뒤로하고
다시 봉정암 내려올 수밖에 없는 우리는
우의雨衣에 고이는 물방울처럼
슬그머니 서로의 손을 잡는다

배꽃祭

뒤늦게 터트린 모유로
늙은 배나무 저고리 앞섶
레이스가 젖었다

비탈 막아 세운 농막
염소의 젖을 짜는 남편
흰 면장갑도 젖어
절룩거리는 봄날

도시 떠나와 사는 이들 부부
초롱한 눈망울로 태어날 아이는
미끄러운 태반에서 움찔움찔

한 채의 우주는
미역국에 풀어 놓은 밥알 같아서
배꽃이 조물조물 풀어주는 근육통

내일쯤 태어날 아이도
꽃핀 젖무덤 앞에서
달싹달싹
입술을 오므리고

2

세한도에 덧칠하다

추위가 풍경을 뭉개도
새들의 몸은 문풍지처럼 가벼웠다

지난밤 갈던 먹 밀어내고 아침이면 새 먹을 간다

휘저은 당신의 갈필에서
목젖 어여쁜 새가 되고 싶은 나는
부스스한 털빛을 가다듬는다

세파에 시달려 구불거리는 소나무
껍질을 때리는 부벽준斧劈皴들
눈 내린 집 봉창에 구겨 넣는다

그림자 얼었다고 뿌리까지 언 건 아닐 거야

당신이 머물던 벼루와 연적 사이
이제 내게 남겨진 일이란
화선지 가득 고드름빛 새소리 번지게 하는 일

낙관 찍힐 여백의 자리는 유배 중이니
천 년 뒤에나 천천히 열릴 서랍에
당신도 나도 밀어 넣는다

두근두근 캥거루

신기루에 문짝이 밤낮없이 덜컹거리는
카페 오아시스에 앉아
캥거루를 기다리죠

눈으로 읽거나 만질 수 있다면 그건 캥거루가 아닐 수
있어요

초원 아닌 사막에서 빛보다 빠른 뜀박질
캥거루에게 배우고 싶거든요
어깨는 무겁지만 어디든 갈 수 있다고
두툼한 내 입술은 캥거루처럼 생각해요

잠들지 못해 두근거리던 심장을
호주머니에 고정시키려 했으나
반 마장쯤 밖에서 풍겨오는 새끼 냄새에
흠뻑 젖은 손은
신기루 빠져나간 아랫배를 만지죠

카페 들어온 캥거루가 입술 댄 찻잔에
피어오르는 수증기를 맛보다
위험과 안도 사이를 후루룩 들이마시는
캥거루의 두 귀, 쫑긋해지죠

바짝 마른 야자수 잎처럼
허물어지는 모래 위를 쿵쿵 뛰어다니는
나는 너의 캥거루이고 싶죠

들어 올린 오른손 뛰는 가슴을 느끼죠

흐르는 골목

들어선 골목은 둥글게 휘어졌다

앙금 흥건한 근대길은
부풀 수 있을 만큼 부푼
손 반죽 단팥빵이다

납작 눌린 처마에 저절로 닿는 귀
어쩌다 주르르 불빛 새어 나오는 창가
오한과 고열 번갈아 오간 흔적
층층 마른 제비집으로 걸려 있다

끓고 끓어 건네던 눈과 입
앞서거니 뒤서거니
미끄러지듯 닿는 발밑
대문은 소리 없이 천천히 열렸다

쪽창에 걸린 달의 귀가
들려주는 예스런 입담에
씹히는 그늘조차 달달한 민담이다

화본역에서

그늘을 퍼 나르던 후박나무
새단장한 양철 지붕에 잎 하나 뚝 떨구는데
책장 넘기는 소리가 요란했다

소풍 나온 아이들 웃음소리
녹슬고 금 간 레일 위를 구를 때
궤도 이탈한 어제를 옹기종기 벤치에 앉혀둔다

인각사 가는 길 레일 카페는
인파 북적거리던 한때를 기억하려는 너와
돌아갈 수 없는 편도에서 탑돌이 하던 나는
유배된 추억을 기린의 그림자로 읽는다

책갈피 일연선사 죽필 긋는 소리
머물고 떠남이 하나로 뭉쳐진 가을
후박나무는 화본역에 있었다
후박나무는 화본역에 없었다

기다림이 만든 염주의 마디가
레일을 끌고 와 벗겨진 아이의 신발
다정히 신겨주고 있다

당신의 사춘기

가방 깔고 앉아있던 아이가
바짓단 둥둥 걷고 던진 물병 건지려
냇물에 든다

말갛게 별이 웃는 우주 밖 집으로
일그러진 가방 둘러메고
흠씬 젖어 철벅철벅 걸어가는 아이에게서
들꽃 냄새를 맡는다

물살 위 반쯤 마신 생수병 띄워놓고
이리저리 무게중심 잡으려는 순간에도
만지작거리던 돌멩이를 냅다 던지던 아이

버들치 떼 지어 헤엄치는 냇물에서
돌발 행동은 역린의 꿈일까
깔깔대는 아이의 웃음에
물살은 덩달아 비명

날렵한 수양버들 그늘 한쪽 켜켜이
비켜서는 몇 마리 소금쟁이처럼
흩어지다 모이기를 반복했다는
당신의 사춘기

급한 잠수는 물방개의 몫이다

살아야 하는 이유

한껏 웅크린 그 날의 흔적들 주위에도
빌딩 숲은 우뚝 들어서고 말았다

거미줄에라도 목 걸고 싶었을 이제항위안소
진열장에는 찾았거나 아직 찾고 있는 온갖 증언과 자료
뜨거운 질문을 던져온다

오직 살아서 밝히고 싶었던 성 노역의 악몽
누구도 주목하지 않던 원시림
눈 뜨고 싶지 않은 거미가 살고 있었다

한때 박영심 할머니의 더 깊어질 수 없는 처연한 눈물
위안소 흰 벽을 타고 흘러내린다
제 몸이 제 몸이 아닌 헛구역질
찢기고 짓밟히던 치욕이 파닥거리며 마지막 숨 몰아쉰다

숨 거두고서야 비로소 살아 있음이 밝혀지는가
할머니 비운의 숨결 곁에서

간신히 안아 품어보는 살아야 하는 이유는
낯선 땅 이름 없는 풀꽃으로 그냥은 쓰러지고 싶지 않
았다는 것

위안소 벽에 찰싹 달라붙어 있던
그날의 거미는
핏대 솟구친 내 목에 피멍빛 노을을 수혈한다

스마트하게

애당초 손바닥 너에게는
부르르 몸 떨리게 하는 눈빛 있었으나
움켜쥘 마음이란 없었다

연말연시 날아드는 단체 문자
최신기종으로 바꿔 주겠다는 통신사 전화
크리스피크림도넛의 촉촉 달콤함을
끝끝내 방해하는 토핑 따위
50% 겨울 시즌은 마감되고 있었다

오늘부터 조기 품절 예상
퀭한 눈동자로 똑똑 끊어내는 자동이체 알림 문자
언제 밥 한번 먹자는 끝 흐린 인사
전화한다 하고 육 개월이 넘어버린 약속

등등의 부산한 후회들
철 지난 무궁화 꽃으로 핀다

초기화되도록 감았던 태엽 이쯤에서 풀어버릴까

서둘러 너를 읽으려 들지만
다른 것을 움켜쥘라치면
놓을 수밖에 없는 내 손바닥은
언제쯤 스마트하게 편안해질까

과녁 향하는 풀

고개 드는 죄성罪性들, 자르고 잘라도
삐죽하다, 방치된 수풀 여름공원
꼬리 살랑 흔들어대는 바람 지나간 뒤에도
풀은 하늘과녁을 향하는 자세였다

아니다, 깃털을 구름 쪽에 둔 걸 보면
어쩌면 땅으로 내리꽂히는 중이다

일제히 바람 따라 한 방향으로 눕는
타고난 본성 어쩌지 못해 기침으로 보낸
타협되지 못한 밤들은 얼마나 지루했던가

침대 위에 모로 뉘었던 신음들을
이슬과 함께 툴툴 털고 일어나는 저 풀들의 힘을
아침에는 배워야 하지

하늘도 땅도 아닌 허공을 지향하는
그리고 보면 버릴 것 버리지 못해

며칠 후면 쓸데없이 무성해지는 풀

삼킬 줄만 아는 내 욕망의 창고에도
냉동감옥이 필요하지, 웃자란 허무를 가둘

뿔의 탄생

두 개의 모서리는 살 속에 감추고 한 개의 모서리는 뿔
로 남긴다

레코드판 같은 허공을 치받는 뿔
그래도 구름은 주르륵 흐르지 않는다

억세게 가슴에 고였다가
하나의 모서리 끝으로 밀어내는 분노
흉흉한 민심을 따르는 뿔, 반듯한 모서리도 꺾이면 뿔
이 된다

등에 이슬이 닿으면 저녁엔 촛불을 켜지만
뿔 밑은 적의 목을 휘감아 돌리는 근성
그러나 뿔엔 독성이 없다

뿔에 걸려 넘어지면 뿔을 짚고 일어서지만
이미 공중의 영역은 날카로운 자국을 버리고
빙글빙글 흘리는 음악, 뿔이 길면 동료의 뿔에 걸려 위

태롭다

뿔에 치인 뿔이 구급차를 부르기도 하지만
뿔은 이웃에게 넉넉한 뿔이어야 하고
누구는 그런 뿔가방을 들고 지하철을 탄다

저녁이 온순하면 아침 또한 온순한 걸 알아
어둠은 밤새도록 뿔의 모서리를 문질러 주지 않았던가
마침내 뿔 아래 눈은 맑아지고 둥글어져
주인을 닮아간다

뿔을 길들이는 것은 바람인 나고
아직 타지 않은 초의 흰 심지일 수도 있다

비무장으로 은행 털기

바람에 떠밀린 노란 잎들이 은행문을 활짝 연다

깡마른 새들이 부리를 밀어 넣자
우수수 낱장의 지폐가 떨어지는 오후 4시
리어카 끄는 노인의 손에서 냄새가 총알로 튄다

은행 앞 은행나무도 햇살을 일확천금이라 읽는다

휴대폰 든 배후의 뭉게구름은 놀라 몸 파르르 떤다

예고 없는 추위에 서성이는 은행나무는
신용등급 암암리에 색깔로 분류되는 이곳이
창구 너머의 실체임을 알려 준다

금고가 폭파하기라도 한다면
5억을 줍는 데 걸리는 시간은 딱 1분이면 된다

신고받은 순찰차가 조금 늦게 도착하는 이유

미처 대응할 수 없었다는 경관의 인터뷰에도
좌우로 목 돌려 흐려놓는 은행나무의 시야視野

우수수 잎은 탱고의 동작이었다고 진술한다

도마를 연주하다

칼을 만나 노래 부를 시간이군요

도마가 나란히 꽂힌 무료급식소 요셉의 집
베어져 끌려오던 비탈의 소리가
들리나요, 들리지 않나요

움푹 파이고도 파인 줄 모르고 살아오다
남겨진 물 때 자국 말리고 있군요

단단한 박달나무 도마일 거라고
목소리 허기진 도시의 새들 지저귀네요

제 나름 칼날 눈비탈 미끄러져 여기까지 왔다고
젖은 칼은 허기를 물고 뛰어다니죠

첫술 기다리는 당신 입술은 이미 악기죠

토막 난 음식들 새의 모이통에 채우다가

정오가 지나 고단해진 도마들
또 요셉의 베란다에서 젖은 몸을 말리겠죠

언제쯤 등 시리고 배고픈 사람들
이 동네에서 하나둘 사라질까요

5.8리히터

돌발적 요동이 몇 번은 있었나 보다

장식장 바닥에 넘어진 신라의 토우들
동공 열린 심장은
한순간 호흡 또한 빨랐겠다

빠져나갈 수 있다는 희망과
빠져나갈 수 없다는 절망의 차이
몸 굳은 토우들 제멋대로 나뒹군다

구르지 않아도 된다고 말하는 소주병은 없었다
비스듬히 눕는 게 안전하다는 마네킹도 없었다
멀쩡하던 샹들리에와 가로등은 웅성거렸다

아찔한 파동의 기억 지우려는 그들의 공터
장식장에는 이제 목줄에 묶인 개도 얼쩡거리지 않았다

수학여행 온 풋풋한 소년소녀의 눈동자

종종걸음인 토우들, 다시 몸 안에 사려 넣을 날 언제일까

본진도 여진도
능陵 속 발아하는 연밥을 흔들어 깨워
고도는 여전히 털빛 고운 눈두덩
이번엔 천년千年 전 연꽃이 활짝이다

평등한 사회

사과의 속살이 아삭한 오후의 평상
한순간 방심에 굴렁쇠가 넘어진다

깨진 무릎으로라도 맞서볼 둥근 표면
사과는 깎는 게 아니었구나

잘라내야 보이던 너의 골목 너의 얼굴
담벼락 너머로 지워졌다 되살아날 때마다
방긋 웃으며 걸어온 길도
버려두면 벌겋게 탈색될 걸 알기에
멈추지 못하는 시큼한 다짐

기다리고 있는 골목은 이렇듯 울퉁불퉁한 것이냐

몸통이 껍질을 밀고 가서
희고 둥근 살결 칼날에 물려
내가 깎는 사과는 사과가 아니다

왠지 아픈 평상임을 아는 그대를
제대로 한번 쉬지 못하고 달려온 그대를
따스한 오후의 무릎에 뉜다

포만의 칼날

이빨 나갔거나 날 뭉개진 칼들이
일출의 골목 풀무 앞에 모여든다

초승달 같은 숫돌을 생각하다
도리어 뭉긋한 칼날이 된 사람들
허물어진 앞사람 꼬리에 빠르게 달라붙으며
나눔의 집 앞에 줄을 선다

한 줌 별꽃 성탄 트리 앞에서
돌아갈 집이 없는 그들이 외우는 주기도문
옷깃 깊숙이 감추어 두고 싶었던 온기로
내려앉은 밥풀 알뜰히 건진다

차가운 땅바닥 베고 눕는 일에 익숙해진 칼들
뼈 우려낸 국물에 잠긴 뱃속
여기가 대장간 화덕이라는 듯
뭉근한 밥알의 힘을 보탠다

공시 公示

보고 싶으냐고? 안부를 물었더니
악마 같은 3월이라 했다

전쟁터 같은 한국거래소
문을 미리 열고 들어갔더니
받아 적은 2020년의 유서들이
토너 속 캄캄한 잉크로 낑낑거린다

거래소 게시판 자욱한 흉터마다

0.1.2.3.4.5.6.7.8.9
꽃잎도 공시가 되고 나면 자욱할 나의 연서

결산지나 사월이면
꽃샘추위 속으로 달아난 그대
나를 만나 주려나

겨울 화해

줄지어 선 히말라야시다
길의 공중을 채우는 건 자욱한 눈발

그립다는 말이 가볍다는 말에 닿아야
눈 내리는 마을이 있다

손바닥 펼쳐 하늘 받쳐 들 때까지
얼마나 보고픔을 송이송이 매달았을까

국방색 외투의 앞자락마저 다 젖을 무렵
이마가 희도록 부딪혀
풀지 못한 생각들이 육중해지면
절뚝이며 걸어오는
시베리아 기단과 기단

새롭게 생겨나는 길에서 다시 시려지는 옆구리
옆도 길도 다 지워진 후
내가 만난 샤갈은 공중의 영역을
조금씩 떼어 주고

가로수 트리

쉼표 한 번 찍지 않은
무용수의 손끝이
어둠을 마중하는 별똥별 꼬리
그 푸른 자리 보온 볏짚으로 질끈 묶는다

화려한 쇼윈도와 또 다른 삶의 경계선
바느질로 누빈다

어둠을 누르고 나온 눈동자
기아의 검은 대륙에 묻혔던 새싹
마른 가지에 남은 온기
껌벅껌벅 더듬다가 애절해졌다

자동차 불빛 깊어져도
그리운 사람 쪽으로 하얀 밥 냄새
밤새 피워 얼마간 위로가 되는 꽃자리

내가 던진 동전이

금화빛 햇살 만나지 못해
어둡다고 투덜대던 냄비 속 내 삶에도
허물어야 할 경계가 있었나 보다

가로수 트리 이슥토록 환하다

3

콩꽃

맷돌 쥔 손마디가 두툼해졌다면
달밥을 지은 것이다

아랫돌이 윗돌을 받쳐
누군가를 기다리다 뚝 뚝 흘리는 콩즙
종일 한자리에서 순한 꽃으로 핀 그가
겹주름 보따리를 풀고 있다

그녀 좌판 두부 소쿠리 모서리는
햇살이 묶었던 보자기
땅거미의 아랫배처럼 닳아 있다

민들레꽃에 앉았던 노랑나비
당신이 남긴 맷돌 손잡이에게
행방을 물어올 때
꽃은 쉼표 한 번 찍지 않는다

수식 지운 언어로 돌린
콩즙이 보글보글 끓더니
네모 칸 원고지로 썰린다

생가 방문

짜놓은 지 오래된 물감 같은 담장은 제자들의 방문을 기다렸다는 듯, 가을볕에 이르러 구불거리는 몽상이다

줄지어 동구 밖까지 마중하는 횡대의 콩들은 건드리면 뛰어나갈 듯 영글었다. 잘 익은 콩을 씹던 어린 시인은 지금도 콩서리 중. 비릿함을 익힌 추억의 맛은 고소하다

제자들을 맞아 금빛 시어를 뿌리는 적덕리 슬레이트 지붕 처마에는 에메랄드빛 주렴 걷어 올리고 나온 반달, 헐거운 고무신 신고 발자국 떼어놓을 길 두리번거리며 찾고 있다

마당 돌무덤에서 누이 목청 같은 이삭 매단 여뀌꽃은 열목어의 눈빛이다. 누가 누구를 반긴다는 것은 굴뚝 연기 끊긴 구들장 가장자리 따뜻하게 지피는 불, 항아리 속 간수 빠진 소금은 키를 낮춘 향수로 목 늘여, 담장을 훌쩍 넘어 구불거린다

하루하루 끝을 마주하고 산다는 것은, 성글어진 시인의 치아가 뚝 잘라 먹은 절편 같아서, 나 움푹 허물어진 담의 자리마다 달빛 스민 돌 몇 개 끼워놓고 왔다

햅쌀 택배

저울 눈금이 봉긋하도록
택배로 보내온 40kg 쌀자루
첫사랑이 건넨 브로치 증표 같다

끝내 할 말 다 못한 여름이
저렇게 단단히 주둥이 묶인 걸까

묶인 자루 매듭 풀고서야
너의 첫 마음 하얀 상처였음을 본다

울어대던 태풍의 서러움에도
상처 위를 어루만졌을 잠자리 날갯짓
불도장 찍힌 쌀자루는 천하대장군

택배로 보낸 너의 모습 또한
당당할 수 있을 만큼 늙었겠다

따끈따끈한 밥이 될 아련한 추억

솥 안에 물 부어 쪄내는 일로
매듭 풀기 전부터 벌써 촉촉하게
내 마음엔 윤기가 흐른다

두 뿔의 간극

캄캄한 지붕을 누르던 눈
나란하던 기와의 문장을 적시고
땅 향해 아득한 뿔을 세웠다
그런 고드름을 두고
너무 맑아 엇갈렸던 마음이
밤새 양손 깍지 끼듯
절집 처마에 거꾸로 매달렸다고 해야 하나
정수리에서 솟구치는 투명한 절규에
시방 지상은 위태롭다
봄볕에 말랑말랑 달궈진 진흙 마당은
쫀득한 심장을 맞받아 주겠다고
두근두근 밀어 올리는 초록의 뿔
아직 돋지 않은 그 뿔 보겠다고
웅크리고 앉았던 스님 한 분
화들짝 독락당 문 밀치고 나선다
척추에서 척수를 뽑아내듯
공중과 땅 두 뿔이 만나는 간극에서
이러지도 저러지도 못하는
내 초록의 봄은 공중부양
방울방울 종종걸음이다

너랑 나랑

마주보기로
별별 나무들 그런대로 잘 살고 있다

햇살이 숲의 옆구리 찌르기 전
저체온 개미들
이리저리 햇살 물어 날라
숲을 부풀리고 있다

인근 공단 매연에도
아장아장 걸어 다니는 산나리꽃
들이쉰 숨 답답할 때
발뒤꿈치에 풀벌레 소리 가두는 숲
쉰 목청으로 다가갈 때도
날마다 새롭게 지저귀는 새가 있다

익은 열매는 저 혼자 익었다고 말하지만
장맛비가 허기 스위치 눌러준 걸 알면
끄덕끄덕 저녁의 밥상은 평화

낯선 미세먼지 종일 마신 숲은
칫솔모 되어 노을 문지르고

물꽃

　1
바람의 자맥질에
날아오르는 물

두꺼운 옷을 벗어 던진
겨울 물이랑에
봄을 파종한다

일렁이며 걸어온
몸의 주름살이
철새 부리를 놓지 못해
솟구치다
다시 풍덩

곤두박질이다

　2
그늘을 밀어내자
그늘은 더 깊었다

날아오르는 그늘이
남은 그늘 바라보는
그 눈빛 애틋하다

안겨오는 봄이어도
서늘했다

은빛 사랑

은빛 머리핀 하나 꽂아 보는 날
아낌없이 나누어준 당신의 사랑

알알이 별빛으로 녹아든 그 사랑

노래 되어 흔들리는 가을나무처럼
그 사랑 얼마나 깊었던가요

잎새에 가려졌던 하늘이 이제야 보이네요
오랜 세월 뒤에라도 반짝일 별빛처럼

은빛 머리핀 하나 꽂아 보는 날
잔잔한 울림으로 다가오는 목소리
반짝이는 별빛이 외우는 당신의 얼굴

심장이 다시 뛰기 시작하네요
알알이 영글어 가는 당신의 열매

은빛 사랑 은하수 되어 흐르네요
오랜 세월 반짝이면서

열대야를 썰다

불면인 매미를
나무가 새벽까지 부둥켜안아
저리 울고 있는 건 아닐까

식지 않은 혀에
각얼음 올려놓으면
금세 녹고야 말 해는
또 떠오르고

울다가 지치면 체위 바꾸는 매미
톱날 목청으로 써는
회화나무에서
후드득 꽃이 진다

물안개 피는 연못 위
밤새 견딘 잠이
둥글게 둥글게 흩어진다

능소화

속울음 넓게 벌린 꽃송이
투명하게 물 고인 땅에서
몸짓 여전히 흔들린다

한 삶이 붙잡고 있던 무게가
내게 와서 비틀거린다

주저앉은 꽃잎
뚝뚝 떨구는 눈물에는
떨어져 나간 자식 기다리느라
비 끝에도 걸어둔 등불
어머니의 집이다

넝쿨 서넛 거느린
능소화 옮겨 심는다

서성이다 돌아서던
당신의 담장 가에

프린트기

밀실 빠져나온 펜타곤 기밀
기억하고 싶어졌다

곰팡이와 거미줄의 성곽
금은보화보다 귀한 재산은
한 줄 글귀임을 당신은 알까

무너뜨리는 연습 수없이 한 후
죄책감은 성문을 밀고 나올 테지

편안하던 백지에
깊은 한숨 번쩍이며 지나갔어도
덜컥 화부터 낼 수 없도록
백지는 그냥 백지일 뿐

수많은 협상에서의 인내가
기록으로 남긴 고민
눈으로 삼키고
손끝으로 밀어내는 기밀들

섬광처럼 번뜩이는
팔만대장경 활자의 신호들

배웅

운문호 물결에 물앵두꽃 진다

지는 해가 산그늘 다림질할 때
물속 길은 걸어 나온다

하루를 살아내며 매만진 시의 언어들은
마지막으로 쏘아대는 화살촉

어스름 물가에 우루루 모여
잠들기 전 비린 부리 닦는 두루미들

물앵두 가지가 뚝뚝 떨구는 꽃은
붉다, 뼛속까지

거룻배처럼 남아서 흔들리다가
해에게 검은 외투를 입혀준다

먼 길 잘 다녀오라고

이응과 이응

위쪽 응 아래쪽 응
두 개의 마음
벌어진 틈새를 두고
언제나 마주 보는 관계다

너와 나
떡가래 썰린 각도 위에
노란 고명 얹히고
같은 각의 대답으로
한 그릇 속에서 만난 우리

나이 하나 더하게 되는 만큼
모난 나를 퉁퉁 불려
둥글도록 끓여낸다

설날 아침
첫 숟가락이 건져 올린 동그라미가
마주 보는 수평

오랜 몸부림 뒤에야
꿀꺽 가벼워졌다

산따마르게리따

겨울 호숫가
가면을 쓴 나뭇가지 사이로
누군가 산따마르게리따
둥근 음악 흘려 넣는다

발끝이 나누는 흙길과의 대화
맞댄 내 어깨의 밀어에
산따마르게리따
사랑 자물통 손가락 걸고 있다

발효할 빛을 기다리는 입안에
데칼코마니로 밀어 넣는
산따마르게리따는 팍팍하다

닭가슴살 같은 빛들의 대화
엿들을 수 있으려면
귀퉁이 접히지 못한 얼음판
귀는 반쯤 숨구멍으로
열어 두어야지

지금이어서 참 좋다

노을 서성이는 오솔길에서
흰 머리카락 쓸어 넘길 수 있어 좋다

까칠함을 덜어낸 생애 성적표는
수가 아닌 우일지라도
천천히 머금을 차 한 잔의 여유가 있어 좋다

너무 많이 울어서 순해진 눈가
덧칠 없이 읽히는 눈빛들
거미줄에 걸린 아침이슬 같아 좋다

주름진 손등이어도
손주 자랑 훈훈하게 할 수 있는
너른 곳간 같은 지혜가 있어 좋다

흑백사진 속에서 꺼낸 미소
넉넉한 지금이어서 참 좋다

오해 지우기

단풍 든 앞산은 끓는 냄비의 물방울
출퇴근 시간대에 더 많이 흐느낀다

말하지 않아도 눈물 콧물 섞어가며
온도 높이는 단풍나무
차가 달리는 도로 가장자리 가로막고
손잡이까지 뜨겁다

안개등 토닥이는 손길에도
풀리지 않는 오해 목까지 채워
수증기도 밀어내는 새 떼들

터널을 막 빠져나오자
설해 대책용 모래주머니는 아직 안전하다

급박하게 다가온 경제속도 60km 표지판
그게 나의 한계라고
서러움에 브레이크를 달고 싶은데

어느새 앞산 심신수련장 앞이다

마음속 끓이던 냄비 물방울은
감속알림판 하나 앞에서

참으로 빨리도 식는다

길, 회귀하는

풀린 운동화 끈을 묶다가
누군가 먼저 걸어간 길이
무심코 생각났다

스친 풀들로 발등은 얼마나 쓰렸을까

간혹 익숙한 길에 서 보면
깨끗하게 닦은 안경알
담기에 급급해 비좁아진 마음
졸린 눈 뜨느라 두꺼워진
눈꺼풀의 근력

무게 내려놓으려 했던 몸짓들이
길옆에 버려져 허망으로
나뒹굴기도 한다

눕는 길, 꿰뚫는 길, 오르는 길
집을 나와 집으로 돌아가는

모든 길은
일그러짐이거나 비틀거림이다

흔적 뭉개주려
길가의 풀들은 무성하다

달고나 톡

모음 자음 열정을 데워
뽀글뽀글 끓는 국자
검은 철판 위에
별 한 스푼 눌러 꾹 찍어낸다

뚫어져라
달콤한 숨을 만날 때까지
한 땀 한 땀 들인 정성
떨어진 건 날개가 아니라
나를 세워 두는 뜨거운 사막

오물오물 모래의 발바닥
미로 같은 골목길 끝 집
할머니 손에 자란 아이가
심통스럽게 대문 닫는 소리

바닥 뜨겁게 서로가 서로를 부르는
끓는 별, 한 개 더 뽑을 기회를
검은 철판의 마음속으로
한 발짝 옮겨본다

4

모래화가

솔잎에 가려진 솔방울 같은 생각들도
툭툭 걷어차며 걷는다

해안선海岸線, 앞서 걷던 낙타는 보이지 않고
모래는 맨발에서 버석거렸다

얼마나 지났을까, 서두르지 않았는데 저녁은
움푹하게 발자국을 찍었다

등에 진 외로움 때문에 일상은 대체로 사막 같았다

밖을 뒤집어 안으로 밀어 넣거나
안을 뒤집어 쌓는 화폭에서
물 냄새는 십리 밖까지 풍겨났다

발끝으로 누군가 지나간 문양을 지우는
나는 그런 화가였다

슬며시 몸 돌려 바라본 길

발자국은 고통과 나란히 찍혀
가벼운 바람조차 이기지 못하고 사그라진다

지난겨울 폭설로 고요했을 모래언덕은
낮게 누워 있는 낙타
모이통 헐렁한 새를 만나
침침한 눈을 비빈다

오월 기지국

햇살이 세운 장미가시에
달아올라 붉던 담장의 마음이
긁혔다, 와르르

말은 끝내 가시로 가시를 품어
긁힌 얼굴들은 모두 꽃

아득히 멀어진 이쪽과 저쪽
온종일 너의 목소리 잘 들리게
안테나 세우고 싶어졌다

수신 신호 미약한 이곳에
칭얼칭얼 잡음의 라디오 켜 놓고
고작 안부를 반복해서 묻는 일

가시를 지우고
다시 잎 끌어 덮어도
맨발의 전파는 애타도록 붉다

소식이 쫑긋한 겹겹의 귀는
오월 내내 넝쿨장미로 핀다

장마

이마까지 뜨겁던 유리의 도시가
순식간에 물에 잠겼다

힘없이 무너지는 담장 아래 우왕좌왕 개미들
속내 감추고 있던 가로등도
부풀대로 부풀어 올랐다

아랫배 살찐 사내가 몽글몽글 올리는 물보라
황토이불 출렁이는 들판
허리띠 졸라 묶은 비닐하우스도
휘어지지 않으려는 몸부림이다

지탱의 의욕 버린 취객이
벌컥벌컥 내뱉는 오물에 골목은 체증

분수 밖의 분수에 들어
시름겹던 도시는
안주인 듯 씹어대던 욕망을
물빨래하듯 헹구고 있다

촘촘한 공중

대추나무가 걸어 다니는 마당은
암호로 된 지도다

뚝! 딴 대추는 해독의 실마리
먼저 익은 대추는 얼른 깨물어야 한다

쓱쓱 그림자로 문지르는 마당
서 있는 대추나무에게
누가 찢어진 청바지를 입혀준 거야

너무 많은 오독을 가두었으니
머릿속은 오밀조밀한 생각들
터진 살갗 옆구리는 쓸쓸해졌다

토닥여주던 불두화도 떠나고
위로가 추궁이 될 때
온통 암호들로 어지러워진 마을은
가시만 남긴 시의 문장이다

가지에는 아이들이 날리던 연이 걸리고
몸 안에 쟁여 넣은 길
풀지 못한 암호로
녹슬고 있다

눈사람

올 나간 스타킹을 당기는데
저녁에야 돌아온다고 했던 눈송이들이
딸려 나왔다

하루가 힘겨운 히말라야시다가 먼저 젖었다

참새들이 잠들기 위해 찾아드는 나무였는데
귀 덮고, 코 덮고, 입 덮어
어깨 무거운 석불이 되어 있었다

합장한 두 손의 가지런함에
상념 깊은 히말라야시다, 그녀의 앞가슴
저녁은 끊임없이 송이 눈 뭉쳐
안경알을 닦는다

나무의 무거워진 횡격막 아래에서
솜뭉치 헤집고 열리는 복수초가
들숨과 날숨 어미 닭 뱃속 알처럼 웅크렸다

곱은 내 손에 놓이는 한 공기 쌀밥
그 따스함을 난 오래 기억할 거야

올이 나간 밥주머니를 잘라낸 당신
비틀비틀 귀가할 저녁의 빙판길에
반가운 눈사람이 되어 나, 서 있을 거야

겨울 편지

계단 삐걱거리는 레스토랑
나이테 마른 원탁 위 물잔을 흔들며
너는 퉁퉁거렸지

식은 눈물 위로 내려앉은 눈송이
아바의 노래는 낮익게 넘쳐났지

바람과 뒹굴다 오그라든 나뭇잎
그날 건네지 못한 편지 같았을 거야

얼룩무늬로 위장한 플라타너스
네 등에 기대면
든든한 무지개가 꿈속에도 보이곤 했지

공중에서 말려버린 형용사 혹은 부사
뒤는 돌아보지 말고, 잘 살라고 쓴
그날의 편지는 아마도
떨리는 손끝의 필체

점멸하는 네온 길, 달리는 자동차 뒤를
요동치며 따라오는
플라타너스 잎들

들불 자리

슬며시 그은 성냥불 놓고 돌아설 때
등 뒤에서 타오르는 불로
둘러선 검불들 손톱 밑은 까매졌다

마음에 마음이 부딪쳐 일어난 불길
그걸 난 사랑이라 말하고 싶었으나
너의 빛깔과 온도 알지 못하기에 눈앞은 온통 캄캄했다

바람 때문에 불길 끌 수 없었다고 말하지만
바람이 잦아지고 나면 금세 남는 재

논두렁은 그대의 집요하던 쇠골
갓 돋은 쑥의 떡잎은 매캐해
놀란 들쥐는 벌써 저만치 달아나 버렸다

쑥의 붓질로 푸르게 도배되는 들판
연민의 불길 언제 다녀가기라도 했냐는 듯
작은 인기척에도
푸드덕 날아오르는 철새의 날갯짓

바람개비 사랑

세워둔 수직 기둥 꼭짓점
매일매일 다른 색깔 날개가 돈다

산이 높아, 너에게 무심했다는 이유는
부르르 떠는 충동의 몸짓

한 점으로 단순해져 가는 우리의 언덕에서
네가 휘저은 춤사위는 좌우를 잇는다

위아래 완급의 동작에서
탈출이란 고작 돌고 도는 것

바람에 돌다 바람 속으로 들어가
바람 속으로 퍼뜨리는 홀씨처럼
어둡고 낮은 땅 허물을 벗겨낸다

이른 봄 눈 환한 떡잎이고 싶다

머나먼 득음

어린것에게 초유 먹이려
수양버드나무는 유선을 잔뜩 부풀렸다

높은 쪽은 구름을 깨우고
바닥에 감춘 뿌리는 가렵다

악보는 냉동감옥 같아서
하늘은 아직 내 악보가 아니라는 걸 알아
동그랗게 번지는 파문

가득 낀 녹조를 부둥켜안고
혼탁한 물에서 청둥오리로 논다

무섭게 날갯죽지를 터는
몸의 허공으로 모터보트는
요란하게 오선을 긋고 간다

눌려있던 얼음의 울음도
하늘 쪽 마른 가지도
저절로 꽝꽝 터질 날 올 거라며
언 입술 버드나무는 몸을 푼다

밀당 개화開花

갈까, 말까, 올까, 말까
부질없는 일에 간 보지 마라

내 편 만드는데, 눈치작전도 필요 없는 봄

서로 내민 한 다리 묶고
꽃샘바람에 헛둘 헛둘 외치는 구호
뛰어나올 놀란 귀를 잡고 보니
울보 개구리였다

올 듯, 말 듯 망설임도 없이
막무가내로 밀려드는 눈의 직격탄에도
홍매화는 눈치 없이 벙근다

내 첫사랑도 그랬지 아마

빨랫줄 물고 있는 빨래집게같이
너와 내가 하는 짓 우스운지
훼방 놓기에 급급한 불한당 바람은

언 가지마다 배꼽 걸어 놓고 달아났다

눈꽃과 봄꽃 사이
그대가 벗어 놓고 간 흰색 외투
꽃물 발라 돌려줄까, 그냥 돌려줄까

밀고 당기다 우당탕 넘어지니
온 마을은 코피가 주르르

역류逆流

여름에 목마 탄 여인은
어느 공화국의 가을로 떠났을까

백일을 견디지 못한 백일홍도
옷자락인 듯 꽃받침도
때가 되자 떠났다

달그락달그락
희미한 빗금 사이로 남겨진 이름
오목한 글씨 화강암 시비詩碑에서
목마의 방울 소리 오래도록 울렸다

한숨을 들이쉬다
우두커니 남겨진 술병은
더 많이 깨어진 술병으로 비탈을 흘러
물의 바닥 찌르기도 하겠다

그렇게 빨리 떠날 줄 몰랐던 너는
방울 소리로 하늘에 있고

네가 남긴 허공이란 시는
빈 술잔을 쓰러뜨린다

시인의 등 뒤에서 우는 이끼는
가을 내내 물소리가 그리웠던 것

목마 탄 시인이
소녀의 마을을 또 다녀갔나 보다

고흐의 모작

도심 공원
가장자리에 닿은 저녁햇살이
누군가 버려 놓은 목발 비추려 할 때
단풍나무는 내 애인이 되었다

뭉게구름은
엽록소 짙던 이마에 쉬어가며
선명한 잎 끝으로 집어 올리는 다친 비둘기

혈흔이 된 물빛 하늘은
발목을 한참이나 살피다
점점이 깃털로 번지고

잠시 벗어 두고 온 모자의 기억처럼
미술관 앞뜰을 서성이는
고흐의 모작들

서로 바르르 떨다가 부둥켜안은
가을 책갈피 속에서

빛 내림 순서로 뜨거워지는
귀가 붉은 나무여, 달아나는 깃털이여

캄캄한 시간 견뎌온
가녀린 잎맥은 그 색깔 그대로라고
단풍 당신은 잎자루 흔들어 보인다

바스러지도록 가을에
나도 안긴다

생강꽃 당신

먼저 터트린 꽃눈

지난 성탄절 그대 기다리며 켜둔
전구인 줄 알았지 뭐예요

얼었다 풀리는 가지에서
부스러기로 덜컥거리는 심장

앞산은 부풀어 오르고
꿈틀거리는 능선에 놀라
배꼽 다친 멧새는
언제 다녀갔나요

찔끔찔끔 새의 눈물 자국 말리느라
전구는 밤새 눈 감지 못했나 봐요

잠에 퉁퉁 부은 눈 당신
눈부신 첫 햇살에
기지개를 켜네요

협곡구간

꾸다 만 꿈의 난간이
혼자 남겨진 오후 내내 뾰족하다

바닥에 닿은 비가 소리로 다시 오르기에
벽의 각은 너무 가파르고 멀다

오랜 직립보행으로 검게 변한 관절
허물어지는 소리 조금씩 들렸다

내리 깎이는 힘과 솟아오르는 힘이
만나는 곳은 협곡의 중간쯤

벼랑이 깊을수록 깃든 바람은
둔탁하게 돌아오는 화음일 것이다

눈앞 캄캄할 때 환해지는 절벽
절망에도 이끼는 자란다

목련나무 의자

겨우내 묶어 두었던 쪽배들이
상여를 따르는 육남매 두건 위로
일제히 출항이다

목련나무 아래 놓아둔
목련공원 나무 의자는
목련보다 먼저 빛이 바래고

맨 처음 문 열고 나온 가지가
목련의 눈물이 뜨겁다 하자
지구를 반 바퀴 돌아
울리는 안부 전화

듬성듬성 안 가본 하늘에
노둣돌을 놓고 있다

한 번에 멀리 날아 갈 수 없어
구름 위에 잠시 걸터앉아 쉬고 있다고
꽃피고 지는 일 서러운 일 아니라고

떨어진 꽃은
흔들리기 전 먼저 뛰어내릴 생각이었다고
흰 의자를 하얗게 덮는다

무화과꽃목걸이

입술 잘근잘근 씹으며 여기까지 왔지만
이제 화끈거리는 꽃자리는 안으로 남겨둘 생각입니다

열대의 온도를 끌어와 채우던 방안
어두워도 환기구는 필요하겠다 싶어
아무렇게나 뻗은 가지에 철새 둥지 하나 걸어둡니다

잎이 무성해지면 나의 바깥은 너무나 어두워서
종일 듣는 비 소리를 열매의 안쪽에 들려줍니다

그냥 목이 허전해서 두르고 나선 꽃목걸이를
다시 내리는 비가 시샘할 때도
따끔거리는 입술은 감추려 합니다

몽고반점처럼 어두워진 길로 물컹한 발자국을 떼어놓
습니다

발화의 자리

어제까지 그 자리에 있던 건물이
한순간에 잿더미가 되었어도
불길이 전부를 태우고 말았어도
초입에 제압되지 못한 사랑은 붉다

언제 어디서나 감시자 세워두어도
불길은 딸꾹질, 조금만 태우겠다는 다짐은
언제나 무용지물이 되고 말았다

고양이가 수시로 드나들던 곳에
하필 불길은 순식간에 번지고
구석에 세워둔 소화기 들지 못해
한 눈을 잃고 말았다

온몸 쏟아버리지 못하는 시소게임
위가 아래가 되고 아래가 위가 되는
반복의 징후는 늘 있었고
형광펜처럼 감촉되는 검지에 힘 가하면서
안전핀의 봉인은 먼지만 쌓여 갔다

몸의 분말들
한 번도 제대로 투척해 본 적 없는
늘 세워두는 소화기 자리는 모서리

사랑의 몸통은 여전히 붉다

신성 추구와 전복적 상상력

이 태 수 | 시인

ⅰ) 김건희의 시는 첨예한 감각과 발랄한 상상력에 뿌리를 둔 언어미학 추구와 불교신앙을 바탕으로 한 형이상학적 사유思惟가 길항하면서 다채로운 세계를 빚어 보인다. '낯설게 하기'와 '난센스' 기법으로 기존의 질서 속에 자리매김하고 있는 관념觀念 너머의 새로운 세계(의미) 창출을 겨냥하는 환상의 아름다운 공간은 각별히 눈길을 끌게 한다.

그의 시는 형이상학적 사유로 길을 트는 경우 보살행菩薩行으로 불교적 화엄華嚴의 세계를 지향하면서 비의祕義에 감싸인 신성神性(이데아) 추구에 무게중심이 주어진다. 대조적으로 언어감각과 상상력에 기울면서는 자연이나 우주宇宙와 하나가 되려는 꿈을 떠올리며, 사물에 감정을 이입하거나 투사하고 인격人格을 부여하는 활유법活喩法 구사를 축으로 급격한 장면전환, 이미지의 비

114

야, 전복적顚覆的 상상력을 구사하고 있어 시적 개성이 강화되는 점도 돋보인다.

한편 서정적 서사敍事가 끌어들여진 일련의 시편은 삶의 현장인 일상적 현실을 준열한 눈과 가슴으로 끌어안고 직시하며 부드러우면서도 완강한 초극超克 의지를 내비치는가 하면, 가지지 못한 사람들에 대한 따뜻한 연민憐憫과 휴머니티를 짙게 발산하기도 한다.

ii) 김건희의 시 쓰기는 「돌탑」이 암시하듯이, '흘러가는 강물에 중얼거림 보태기'이며, '위아래가 구분되지 않는 돌탑 쌓기와 허물기의 되풀이'다. 자신을 겸허하게 낮추면서 던지는 화두話頭지만 다소 상징적이고 추상적인 발언이다. 시의 길은 가시적인 성과를 이루어내기가 그만큼 어려우므로 시시포스의 바위 굴리기와 다를 바 없다는 뉘앙스를 거느리고 있는 듯도 하다.

하지만 화자가 또 다르게 말하고 있듯이, "노을의 혀가 차오르는 강물에게 건네는 말"처럼 그 '돌탑'(시)은 "차곡차곡 씹어 올리"면 가능성이 열릴 수 있다는 믿음을 그 바탕에 깔고 있는 것으로 보인다. 그러나 이 구절들에도 '노을의 혀'라든가 '차곡차곡 씹어 올린다'는 말이 관념적이고 모호성模糊性도 벗어나 있지 않다. 시인은 이 발언들과 함께

115

> 닳아가는 말 알아들어
> 포개어지는 말 알아들어
> 한 권의 시집을 엮을 수 있다면
> 강의 바닥을 제대로 읽었다 말할 수 있으리
>
> ―「돌탑」부분

라는 자성적自省的 믿음과 깨달음을 떠올려 놓기도 한다. 아무튼 이 시의 화자는 "서로의 등에 얽힌 사연을 들춰 / 어떤 돌은 너를 닮았다고 /어떤 돌은 나를 닮았다고" '너'(대상)와 '나'(자신)의 상호 이해와 화해, 소통을 통해 "흘러가는 강물에게 / 중얼거림을 하나 더" 보태듯이 시를 쓰고 있으며, 위아래가 구분되지 않는 돌탑을 쌓고 허물고 다시 쌓는 과정을 되풀이한다.

　그러므로 이 시집이 엮어지게 된 건 강물에 잠겨 있는 돌들(불가시적 대상들)로 일정 양의 탑을 쌓은 결과이며, 그 성과는 "강의 바닥을 제대로 읽었"기 때문에 이루어질 수 있었다는 풀이를 해보게 한다. 다시 말해, 시인의 비의에 싸인 이데아 추구는 '닳아가는 말'(닳아가는 돌)과 '포개지는 말'(포개지는 돌)들을 들춰내 '존재(=언어)의 집(탑)'을 지었으며, 그 집짓기(탑)들이 모아져 한 권의 시집이 이루어졌다고 할 수 있을 것이다.

　이같이 김건희의 이 시집이 '흐르는 강물의 돌(비의에

싸인 이데아) 읽기와 그 강물에 보탠 중얼거림의 집적集積'이라면, 이 중얼거림의 집적은 과연 어떤 모습과 빛깔을 띠고 있는지 궁금하지 않을 수 없다. 이 시집은 모든 걸 다 이뤄서 얻은 성과라는 의미는 물론 아니다. 여전히 그 과정에 놓여 있을 뿐 지금까지의 중얼거림을 한데 묶은 첫 매듭이며, 이 시인의 시 쓰기는 더 나은 세계 지향의 '현재진행형'이라 할 수 있다.

시인에게 이 이데아 추구와 지향이 결코 쉬운 일이 아니다. 끊임없이 인고忍苦의 시간을 강요받기도 한다. 눈에는 보이지 않는 '화엄의 세계'로 들어가려 하지만 그 세계는 언제나 침묵 속에 자리 잡고 있을 것이기 때문이다. 일심一心으로 생각하고 밝은 믿음으로 의심하지 않는데도 그 사정은 마찬가지일 수도 있다. 자신을 꽃나무에 비유한 「비로자나불」은 그 지난至難한 시적 추구 과정을 여실하게 드러내 보인다.

너무하다
한곳만 응시하느라 뒤틀린 몸통에서
뚝뚝 소리가 새어 나오는데도
기름칠해주지 않는 당신

꽃가지들이 그림자로 퍼덕여도
궁금해 말고 잠자코 있으란다

117

계절이 여러 번 지날 때에도 날 찾지 않는 당신
어지럼증에 뻐근한 뒷골
뒤틀린 가부좌는 하소연할 데가 없다

오늘도 몸 웅크리고 견디는 저 화상
복장 뼈 안쪽엔 무럭무럭 자라는 사리舍利

꼼짝 않고 눌러앉아서
바람 적신 손으로
아픈 이마 짚고 있는 나를
당신은
언제까지 모른 척할 것인가

　―「비로자나불」 전문

　화자는 일심과 믿음으로 일관하는데도 그 세계는 좀
체 열리지 않는다고 토로한다. "한곳을 응시하느라 뒤
틀린 몸통에서 / 뚝뚝 소리가 새어 나오는데도", "꽃가
지들이 그림자로 펴덕여도" 여전히 비로자나불毗盧遮那佛
은 아랑곳하지 않으며 잠자코 있으라고만 한다. "뒤틀
린 가부좌(화자)는 하소연할 데가 없"을 뿐 아니라 사리
가 무럭무럭 자라도록 견뎌야만 할 따름이다.
　불교의 가르침에 따르면, 화엄경의 교주인 비로자나
불은 무량無量의 광명이다. 그러나 비로자나불은 화엄경

안에서 침묵으로만 일관한다. 오로지 자기와 남을 이롭게 하는 행동을 원만하게 하면서 성불成佛하려고 수행하는 보살행을 통해서만 그 세계로 들어갈 수 있으며, 그 세계는 일심으로 생각하고 밝은 믿음으로 의심하지 않으면 어디서든지 만날 수 있다고도 한다. 석가모니가 보리수 아래서 깨달음을 얻자마자 비로자나불과 일체를 이루기도 했다는 사실은 잘 알려져 있는 바다.

불교신자인 시인은 부단히 그 화엄의 세계를 지향하지만 거기에 이르는 길은 지극히 어려운데도 보살행을 거듭하고 있는 듯하다. 설령 그 세계에 못 다다랐더라도 그 길은 오로지 자신의 몫임도 자각하고 있다. 비로자나불은 한결같이 모른 척하지만 "꼼짝 않고 눌러앉아서/ 바람 적신 손으로/ 아픈 이마를 짚고 있"다는 것은 끊임없는 보살행을 수행하고 있으며, 그 세계(시)를 하염없이 지향한다는 뉘앙스에 다름 아니기 때문이다.

김건희의 시 쓰기는 나아가 생명의 근원인 신성神性에 이르고 그 비의를 드러내는 행위이기도 하다.「룽다」에서 시인은 매달린 연등燃燈들을 바라보면서 생명의 근원인 신성을 상징하는 룽다(풍마風馬)를, 은밀하게는 타르초(경문기經文旗)까지도 떠올린다. 룽다는 긴 장대에 매단 한 폭의 긴 깃발이고, 타르초는 긴 줄에 정사각형의 깃 폭을 줄줄이 이어 단 깃발들로 이들 깃발에는 티베트 사람들의 해탈解脱을 염원하는 만트라와 불교 경전(경문)이 가득 쓰여 있다고 하지 않는가.

긴 줄에 늘어선 새벽 연등 흐려질 때
길 위 행렬은 일렁이는 깃발이다

봉정암 오르는 손들이 켜 든 불은
풀숲 사이 사슬처럼 너덜한 줄에 걸리고

진행 방향 끝에서 촘촘한 인연들
인드라망에 맺힌다

〈중략〉

다시 봉정암 내려올 수밖에 없는 우리는
우의雨衣에 고이는 물방울처럼
슬그머니 서로의 손을 잡는다

─「룽다」부분

이 시에서 시인은 줄줄이 매달린 연등들과 연등을 들고 봉정암으로 가는 행렬을 묘사하면서 룽다와 타르초의 모습을 연상하며 포개어 바라본다. 새벽 연등 불빛들이 흐려질 때 연등을 든 행렬이 "일렁이는 깃발"로 활력을 불어넣는가 하면, 다시 그 행렬이 들고 왔던 연등들이 긴 줄에 걸리는 장면을 "풀숲 사이 사슬" 같다고 그리고 있다.

그 진행 방향의 끝은 말할 나위 없이 봉정암이며, 봉정암에 다다른 "그 촘촘한 인연들"은 제석천이 머무는 궁전 위에 끝없이 펼쳐진 그물로 법계의 실체 현상 간의 상즉상입을 통한 사사무애법계事事無碍法界를 드러내는 인드라망因陀羅網에 비유된다. 연등을 긴 줄에 매달고 하산하는 사람(중생衆生)들은 "우의에 고이는 물방울" 같지만 마치 인드라망처럼 "서로의 손을 잡는" 바와 같이, 보살행으로 중중무진하게 관계를 맺으면서 서로 아무 장애가 없음도 시사示唆하고 있다.

위에서 들여다본 바와 같이 김건희의 시 쓰기는 '흐르는 강물에 중얼거림 보태기'이면서도 이 겸허한 자세와는 달리 강물에 잠겨 보이지 않는 돌들로 탑을 쌓는 신성한 일(불가시적 이데아들로 존재의 집짓기)이며, 화엄의 세계를 지향하는 보살행이자, 생명의 근원인 신성과 그 비의 추구라고 요약해 볼 수 있다.

iii) 김건희는 자연과 우주의 만물을 자신 가까이 끌어당겨 인간사人間事로 환치해 들여다보는가 하면, 빈번한 활유법 구사로 온갖 사물들이 인간화되면서 인격이 부여되는 점이 시적 특성을 두드려져 보이게도 한다. 동물이든 식물이든 거의 예외 없이 행위나 동작들에 인격이 부여되고 있으며, 화자의 감정이 이입되거나 투사되게 마련이다.

이 시집의 1부에 실린 시에서만도 "노을의 혀"(「돌탑」), "나른한 강의 하복부"(「노을의 악보」), "해가 창을 밀고 들어왔다"(「새소리 받아쓰기」), "곱게도 늙은 문짝"(「숭고하다」), "눈동자 검은 거름"(「수선화로부터」), "귀가 만난 꽃잎의 발소리들"(같은 시), "늙은 배나무 저고리 앞섶 / 레이스"(「배꽃祭」), "배꽃이 조물조물 풀어주는 근육통"(같은 시), "긴 잠을 자다 / 어느새 낡아버린 목선"(「소라의 넋두리」), "배꼽 떨어진 그해 나의 봄도 / 어지럼증"(「금계랍에 울다」) 등이 그 예들이다.

이 같은 시법詩法은 그의 시에 탄력을 부여하고 상상의 공간에 신선도를 높여주며, 낯익은 것들을 낯설게 함으로써 새로운 활기를 발산하게도 한다. 하지만 때로는 자연스럽지 않은 비약이나 급격한 장면전환, 이미지의 단절 등으로 난해성을 부르거나 가독성을 떨어뜨리는 면도 없지는 않아 보인다. 그러나 이 또한 그의 개성이자 특성이 아닐 수 없다.

> 사문진 나루 노을은 철새의 건반이다
> 물비늘 털며 날아오른다
>
> 〈중략〉

나른하던 강의 하복부는
찌르릉찌르릉 별빛 건너 밟는 통화음

노을 비친 강물을 악보로 읽던 새는
꼬리 펄떡이는 물고기 들어 올려
흑백의 연주는 완성되고

― 「노을의 악보」 부분

이 인용 부분만 하더라도 앞에서 언급한 그의 시적 특
성이 뚜렷하게 떠올라 있다. 강을 의인화擬人化하고 있지
만 그 하복부가 "별빛 건너 밟는 통화음" 자체로 바뀌기
도 하고, 노을은 "철새의 건반"이, 강물은 새의 악보가 되
고 있으며, 새의 연주는 "꼬리 펄떡이는(살려고 안간힘을
쓰는) 물고기"를 잡아 올리는 것으로 완성(완결)된다.

이 '연주' 장면의 배경은 날이 저물 무렵이라서 새가
고기를 잡아먹는 모습도 "흑백의 연주"라고 '들리지 않
는' 소리를 모노톤으로 그리고 있는 점도 주목하게 한
다. 그의 시는 이같이 장면전환과 이미지의 비약이 급격
함에도 불구하고 정밀하고 치밀한 언어 장치를 거느리
고 있는 것으로도 읽힌다. 「새소리 받아쓰기」는 이미지
의 비약이 급격할 뿐 아니라 전복적 상상력까지 구사되
고 있다.

전깃줄에 매달린 이슬이 곤돌라였나!
해가 창을 밀고 들어왔다

벤자민 라벤더가 자라 오르는 창 큰 베란다
째재재재쨱삐삐비리리총초롱총초로로롱
수북한 새소리

〈중략〉

울컥 뱉어내기에 바쁜 해를
몸 안에 받아 적느라
분주한 잎새들

　　ー「새소리 받아 쓰기」 부분

　아주 이질적인 '이슬'과 '곤돌라'를 하나로 연계해서
바라본다든지, 새소리를 받아쓴다면서 그 새소리를 "울
컥 뱉어내기에 바쁜 해"를 벤자민 라벤더 잎사귀들이 "
몸 안에 받아 적느라 / 분주"하다는 표현은 급격한 비
약이자 전복적 상상력 구사가 아닐 수 없다. 게다가 창
을 밀고 들어온 햇살과 베란다에 자라는 식물에 수북
이 쌓이는 새소리, 그 새소리를 뱉어내는 햇살의 함수관
계도 예사롭지는 않아 보인다. 「구두」는 인용한 부분만
읽더라도 이보다 몇 걸음 더 나아가 있다.

닳은 댓돌 위에
내가 벗어놓은 구두는
밤새 질척이던 기침이 토해 놓은
붉은 가래였다

〈중략〉

평평한 돌 위에 누워 있는 구두
춤을 추듯 내려온 꽃비는
우묵한 발 자리가 연못인 듯
이리저리 낮아진 구두 안쪽을 살핀다

〈중략〉

삽짝을 나서는 나는 맨발
눈감고 구름의 가속페달을
꾸욱 밟는다
　　　—「구두」부분

　이 시에서 '구두'는 '붉은 가래'로 변신하는 파격을 부
여받는다. 그것도 자신이 댓돌 위에 벗어놓은 구두다.
그러나 그 '가래'는 다시 온전한 '구두'로 바뀌면서 춤추
듯 내리는 꽃비(떼지어 떨어지는 꽃잎들)한테는 구두

안쪽이 '연못'에 비유되기에 이른다. '구두'는 화자의 시선에 따라 '가래·구두·연못'으로 비쳐지는가 하면, 마지막 연에서는 '구두'가 물러나고(댓돌에 그대로 놓여 있고) '맨발'이 삽짝(대문)을 나서며 눈감은 채 구름의 가속페달을 밟는 환상으로 이어진다. 역시 그다운 상상력의 전이현상이 아닐 수 없다.

시인의 이 같은 발상과 상상력은 「숭고하다」에서 꽃 살문에 착안해 곱게 늙어 눈빛은 살아 있다며, "소목장의 손이 닿던 기억을 꽃잎들이 놓지 않았다"거나 "목어소리 골라 먹는 벌레가 살아 / 끌 날이 지르던 직선의 비명은 어디 가고 곡선만 남았다"는 표현과 나뭇결에 남은 꽃잎의 본색 때문에 "닳아 문드러져도 / 숭고하다"고 보는 데까지 진전된다.

'봄비'에 대한 묘사가 그렇듯이, 시인의 상상력(몽상夢想)은 미세한 기미에까지 민감하게 반응한다. 시 「도약」에서는 봄비를 "은둔자의 겨드랑이 안쪽까지 / 햇솜처럼 스며"들고, 아무도 모르게 "나무뿌리 끝 젖을 때까지 / 스미"며, 겨울잠 들었던 개구리들의 굳은 관절의 간극이 조금씩 말랑해지게 한다고 그리고 있다.

또한 「몽상가」에서는 봄비를 "발갛게 익은 바람의 지느러미 사이로 / 융단 없이도 / 길바닥 치맛자락 끌고 가는" 것으로 묘사하고, 봄비에 "버티다 떨어진 꽃잎은

/ 깊어진 별의 층계 맨발로 밟아 오른다"는 비약적 환상
으로 진전되고 있다.

ⅳ) 시인이 살아가는 일상의 풍경들과 길 위에서 만
난 풍정風情에 대한 서정적(시적)인 서사와 특유의 언어
감각으로 떠올려 보이는 묘사들은 김건희 시의 상당 부
분을 차지한다. 이 일련의 시편들은 앞서 언급한 시적
특성들을 고루 나눠 거느리고 있으면서도 일상인으로
서의 체취가 두루 녹아들어 있거나 스미고 번져 흐르고
있다. 하지만 이들 시에 대해서는 기법이나 언어미학보
다는 메시지에 주목해서 들여다보기로 한다.

일상인으로서의 시인은 "그늘을 밀어내자 / 그늘은
더 깊었다 // 날아오르는 그늘이 / 남은 그늘 바라보는
/ 그 눈빛 애틋하다 // 안겨오는 봄이어도 / 서늘했다"(
「물꽃」)거나 "등에 진 외로움 때문에 일상은 대체로 사
막 같았다"(「모래화가」)는 비애와 "집을 나와 집으로 돌
아가는 / 모든 길은 / 일그러짐이거나 비틀거림"(「길, 회
귀하는」)이라는 절망감絶望感에서도 자유롭지는 않다.
호숫가의 레스토랑을 끌어들인 「산따마르게리따」에서
는 "발효할 빛을 기다리는 입안에 / 데칼코마니로 밀어
넣"으면서 그 산따마르게리따는 팍팍하다고 여기기도
한다.

하지만 "절망에도 이끼는 자란다"(「협곡구간」)는 발

127

견 때문일까. "하늘도 땅도 아닌 허공을 지향하는 / 그러고 보면 버릴 것 버리지 못해 / 며칠 후면 쓸데없이 무성해지는 풀"(「과녁 향하는 풀」)에 마음 보내며 그 반면교사로 "삼킬 줄만 아는 내 욕망의 창고에도 / 냉동감옥이 필요하지, 웃자란 허무를 가둘"(같은 시)이라는 각성에도 닿는다. 퇴락한 생가生家를 찾아서도 "하루하루 끝을 마주하고 산다는 것은, 성글어진 시인의 치아가 뚝 잘라 먹은 절편 같아서, 나 움푹 허물어진 담의 자리마다 달빛 스민 돌 몇 개 끼워놓고"(「생가 방문」) 오는가 하면

> 저울 눈금이 봉긋하도록
> 택배로 보내온 40kg 쌀자루
> 첫사랑이 건넨 브로치 증표 같다
>
> 〈중략〉
>
> 솥 안에 물 부어 쪄내는 일로
> 매듭 풀기 전부터 벌써 촉촉하게
> 내 마음엔 윤기가 흐른다
> ─「햅쌀 택배」 부분

는 따뜻한 심성을 보여준다. 40kg의 쌀자루를 저울 눈

금이 봉긋하도록 넉넉하게 쌀을 담았다고 느끼는 데다 아주 소중한 증표證票로 읽고 있어 자루를 풀고 밥을 짓기도 전에 "내 마음엔 윤기가 흐른다"는 마음자리는 그지없이 아름답다. 이 같은 마음 씀씀이는 머리핀 하나 선물을 받고 "은빛 머리핀 하나 꽂아 보는 날 / 잔잔한 울림으로 다가오는 목소리 / 반짝이는 별빛이 외우는 당신의 얼굴"(「은빛 사랑」)을 안 떠올리고 안 들을 수 있게 하겠는가.

> 인근 공단 매연에도
> 아장아장 걸어 다니는 산나리꽃
> 들여쉰 숨 답답할 때
> 발뒤꿈치에 풀벌레 소리 가두는 숲
> 쉰 목청으로 다가갈 때도
> 날마다 새롭게 지저귀는 새가 있다
>
> ―「너랑 나랑」부분

주위에 따스한 가슴을 열고 눈길을 보내고 있는 이 시 역시 같은 맥락으로 다가온다. 공단이 뿜어내는 매연煤煙에도 피어나는 산나리꽃, 그 인근의 숲에 잦아드는 풀벌레 소리, 날마다 새롭게 지저귀는 새소리는 자연 현상 그대로라기보다는 시인의 심상의 반영에 다름 아

닐 것으로 읽힌다. 이 같은 따스한 가슴 열기는 한겨울의
추위도 포근하게 녹이고 있다.

추위가 풍경을 뭉개어도
새들의 몸은 문풍지처럼 가벼웠다

지난밤 갈던 먹 밀어내고 아침이면 새 먹을 간다

휘저은 당신의 갈필에서
목젖 어여쁜 새가 되고 싶은 나는
부스스한 털빛을 가다듬는다

세파에 시달려 구불거리는 소나무
껍질을 때리는 부벽준斧劈皴들
눈 내린 집 봉창에 구겨 넣는다

그림자 얼었다고 뿌리까지 언 건 아닐 거야

당신이 머물던 벼루와 연적 사이
이제 내게 남겨진 일이란
화선지 가득 고드름빛 새소리로 번지게 하느는 일

낙관 찍힐 여백의 자리는 유배 중이니
천 년 뒤에나 천천히 열릴 서랍에
당신도 나도 밀어 넣는다

一「세한도에 덧칠하다」전문

추사 김정희金正喜가 제주도에서 유배 생활을 하면서 갈필渴筆과 검묵儉墨으로 그린 문인화 '세한도歲寒圖'에 화자의 심상풍경을 얹어놓은 「세한도에 덧칠하다」는 한겨울 추위 속의 풍경에 '문풍지처럼 가벼운 새의 몸', '부스스한 달빛을 가다듬는 목젖이 어여쁜 새가 되고 싶은 나', '세한도 속의 눈 내린 집 봉창에 부벽준을 구겨 넣는 나', '투명한 고드름빛 새소리' 등을 따스하게 '덧칠'(보태기)해 그 분위기를 바꿔놓는다.

더구나 낙관落款 찍기를 유보하긴 해도 오랜 세월 뒤에 열릴 서랍에 화자뿐 아니라 추위를 견뎠을 추사도 밀어 넣기까지 하며, '세한도'에다 입체감과 질감을 부여하기 위해 부벽준 기법도 보태놓는다. 이 '세한도'에 덧칠하기는 "그림자 얼었다고 뿌리까지 언 건 아닐 거야"라는 믿음과 유배 중인 추사를 향한 따뜻한 배려의 마음이 포개져 있지 않은가.

이 같은 시인의 마음은 "내 초록의 봄은 공중부양 / 방울방울 종종걸음"(「두 뿔의 간극」)인 경우도 없지 않지만, 「화본역에서」처럼 인각사 인근 카페에서의 '너'와 '나'의 "유배된 추억을 기린의 그림자로 읽는다"거나 "물앵두 가지가 뚝뚝 떨구는 꽃은 / 붉다, 뼛속까지"(「배웅」)라고 바라보는 심경과도 무관하지 않아 보인다.

v) 시인은 삶의 현장인 도회 속의 삭막하고 황량한 현실을 준열한 눈과 가슴으로 끌어안고 들여다보며, 진한 휴머니티로 감싸 안는다. 사람들과 더불어 살아가면서 더 나은 공동체, 더 나은 세상을 꿈꾸고 갈망하기 때문일 것이다. 그 마음자리에는 자기절제와 겸허한 자기성찰自己省察이 바탕을 이루고 있으며, 극기의 의지가 부드럽지만 완강하게 자리매김하고 있는 것으로도 보인다.

"몽고반점처럼 어두워진 길로 물컹한 발자국을 떼어놓"(「무화과꽃목걸이」)는다거나 "입술 잘근잘근 씹으며 여기까지 왔지만 / 이제 화끈거리는 꽃자리는 안으로 남겨둘 생각입니다"(같은 시)라는 대목은 겸허한 자성과 자기절제를 시사해준다. 「장마」에서 그리고 있듯, 현실은 결코 녹록한 곳이 아니며, 재앙으로부터도 자유로울 수는 없다.

이마까지 뜨겁던 유리의 도시가
순식간에 물에 잠겼다

힘없이 무너지는 담장 아래 우왕좌왕 개미들
속내 감추고 있던 가로등도
부풀대로 부풀어 올랐다

아랫배 살찐 사내가 몽글몽글 올리는 물보라

황토이불 출렁이는 들판
허리띠 졸라 묶은 비닐하우스도
휘어지지 않으려는 몸부림이다

〈중략〉

분수 밖의 분수에 들어
시름겹던 도시는
안주인 듯 씹어대던 욕망을
물빨래하듯 헹구고 있다

—「장마」부분

「장마」는 시인이 살아가는 삶의 현장에 대한 뒤틀린
단면을 적나라하게 떠올려 보이는 시다. 쏟아져 내린 장
맛비가, 시인의 표현대로 "이마까지 뜨겁던 유리의 도
시"의 건물과 사람들은 물론 개미들도, 가로등도, 범람
하는 시내도, 들판도, 비닐하우스도 재난에 휩싸여 있
다. 예기치 않은 재앙災殃이 순식간에 닥쳐 세상이 아수
라장에 다름 아닌 상황에 놓인다.

그러나 시인은 이 물세례의 재앙을 인간의 탓이 부른
인재人災로 바라본다. 도시의 "분수 밖의 분수"와 사람
들의 "안주인 듯 씹어대던 욕망" 때문이라며, 이 처참한
장면을 넘치던 분수分數와 욕망을 "물빨래하듯 헹구고

있다"고 질타해마지 않는다. 분수를 지키고 욕망을 자제하라는 역설적 메시지라고 봐야 할 것이다.

그렇다면, 더불어 살아가는 세상에서 시인은 어떤 마음가짐을 지니고 있는 걸까. 가지지 못한 사람들을 목도하면서 "한 줌 별꽃 성탄 트리 앞에서 / 돌아갈 집이 없는 그들이 외우는 주기도문"(「포만의 칼날」)에 귀 기울이고, 「도마를 연주하다」에서와 같이 무료급식을 하는 요셉의 집 도마에까지 따뜻한 마음을 포개어 놓는다. 헐벗은 사람들에 대한 연민 때문에 무료급식소의 도마에까지 "움푹 파이고도 파인 줄 모르고 살아오다 / 남겨진 물때 자국 말리고 있"다고 보는가 하면, "언제쯤 등 시리고 배고픈 사람들 / 이 동네에서 하나둘 사라질까요"라고 안타깝게 반문反問하기도 한다.

시인의 이 같은 연민과 사랑의 휴머니티는 「살아야 하는 이유」에 절절하게 묘사돼 있다. 살아서 끝내 성性노역 당시의 실상을 밝히지 못한 채 세상을 떠난 위안부 할머니가 "거미줄에라도 목 걸고 싶었을" 것이라며, 누구도 그 할머니의 치욕적인 악몽惡夢에 주목하지 않았다는 사실을 준열하게 비판하고 있다. 그 통탄痛歎의 심경은 그 할머니의 죽음을 목도하면서

한때 박영심 할머니의 더 깊어질 수 없는 처연한 눈물

위안소 흰 벽을 타고 흘러내린다
제 몸이 제 몸이 아닌 헛구역질
찢기고 짓밟히던 치욕이 파닥거리며 마지막 숨 몰아쉰다

숨 거두고서야 비로소 살아 있음이 밝혀지는가
할머니 비운의 숨결 곁에서
간신히 안아 품어보는 살아야 하는 이유는
낯선 땅 이름 없는 풀꽃으로 그냥은 쓰러지고 싶지 않
았다는 것

　　　　—「살아야 하는 이유」 부분

이라고 절규하듯 울분을 쏟아놓는다. 더구나 그 할머니
는 살아서 그 치욕의 한을 풀지 못한 채 죽는 순간까지
도 살아야 했던 이유가 "낯선 땅 이름 없는 풀꽃으로 그
냥은 쓰러지고 싶지 않았다는 것"이라고 강변한다. 오
죽하면 절명 순간의 그 할머니("위안소 벽에 찰싹 달라
붙어 있던 / 그날의 거미"로 묘사)가 "핏대 솟구친 내 목
에 피멍빛 노을을 수혈한다"고까지 표현했겠는가.
　여기까지 김건희 시들을 주마간산격走馬看山格으로나
마 일별一瞥하면서 나름의 풀이를 해보았다. 이제 마무
리로 이 시집의 표제시를 들여다보기로 하자. 표제시는
시인이 가장 앞세우고 싶은 작품이거나 시집 전체의 인
상을 아우를 수 있는 경우, 아니면 마치 얼굴처럼 표지

에 앉혀놓고 싶은 시 제목일 수도 있을 것이다.

신기루에 문짝이 밤낮없이 덜컹거리는
카페 오아시스에 앉아
캥거루를 기다리죠

눈으로 읽거나 만질 수 있다면
그건 캥거루가 아닐 수 있어요

초원 아닌 사막에서 빛보다 빠른 뜀박질
캥거루에게 배우고 싶거든요
어깨는 무겁지만 어디든 갈 수 있다고
두툼한 내 입술은 캥거루처럼 생각해요

잠들지 못해 두근거리던 심장을
호주머니에 고정시키려 했으나
반 마장쯤 밖에서 풍겨오는 새끼 냄새에
흠뻑 젖은 손은
신기루 빠져나간 아랫배를 만지죠

카페 들어온 캥거루가 입술 댄 찻잔에
피어오르는 수증기를 맛보다
위험과 안도 사이를 후루룩 들이마시는
캥거루의 두 귀, 쫑긋해지죠

바짝 마른 야자수 잎처럼

허물어지는 모래 위를 쿵쿵 뛰어다니는

나는 너의 캥거루이고 싶죠

들어 올린 오른손 뛰는 가슴을 느끼죠

— 「두근두근 캥거루」 전문

이 시는 예상과는 달리 '낯설게 하기'와 '난센스'(기존
의미의 무화無化)의 묘미를 증폭시켜주는 작품으로 이
시집 전체의 분위기를 집약해 보여주거나 전체적인 시
흐름과 궤를 같이하고 있다기보다는 가장 전위적前衛的
인 기법이 구사되고 있는 듯한 느낌을 안겨준다. 그렇
다면 시인은 왜 굳이 이 시의 제목을 시집의 표제로 달
고 있으며, 초원에서 잘 뛰는 동물의 대명사라 할 수 있
는 캥거루에 '두근두근'이라는 수식까지 하고 있는지 궁
금해지지 않을 수 없다. 읽는 사람에 따라서는 이 시의
의미망意味網이 너무 낯설어 어리둥절해지거나 심한 경
우 읽기를 포기해버릴는지도 모른다.
　산문적 풀이를 하자면, 이 시는 처음부터 풀어서 이
해하기 어려운 문장들로 시작된다. 카페 오아시스는
신기루 때문에 밤낮없이 문짝이 덜컹거리고, 화자는
그 카페에 앉아 캥거루를 기다린다. 하지만 그 캥거루

는 감각과 지각의 대상도 아니다. 눈으로 읽거나 만질 수 있다면 이미 화자가 기다리는 캥거루가 아닐 수 있기 때문이다.

화자가 자리 잡고 있는 공간은 멀리 있는 물체가 가까이 보이기도 하고 없는 사물이 있는 것처럼 보이기도 하는 신기루蜃氣樓가 지속적으로 이 공간을 드나드는 문을 흔들며, 화자는 그 공간에서 눈에 보이거나 만져지지 않는 대상인 캥거루를 기다리고 있는 정황 속에 놓여 있다. 그러니까 이 공간에는 착시錯視와 환상만 있을 따름이다.

게다가 캥거루는 초원에서 있지만 화자는 사막에 놓여 캥거루처럼 빠른 속도로 뛰고 싶으며, 그 상황에도 어깨가 무겁지만 어디든 뛰어갈 수 있다고 생각한다. 더구나 그 생각도 머리로 하는 게 아니라 자신의 두툼한 입술로 한다는 것이다. 터무니없는 생각이 아닐 수 없다.

이 같은 문맥은 계속 이어진다. 두근거리는 심장을 호주머니에 고정시키려 하고, 멀리서 풍겨오는 새끼 냄새에 흠뻑 젖은 손이 신기루 빠져나간 아랫배를 만지는가 하면, 캥거루가 입술 댄 찻잔을 결국 쫑긋해진 캥거루의 두 귀가 들이마시는 장면이 연출되며, 사막의 모래 위를 뛰어다니는 '나'가 '너'의 캥거루이고 싶을 뿐 아니라 오른손이 뛰는 가슴을 느낀다니 고정관념 너머의 환상이 계속 환상을 부르는 형국이 아니고 무엇일까.

'낯설게 하기'와 '난센스'로 일관하는 이 시가 발산하는 매력은 기존의 질서 속에 자리 잡고 있는 관념을 넘어선 세계, 낯설게 새로운 의미를 창출하는 발상과 언어미학, 카페의 공간을 낙원처럼 승화시키는 환상의 묘미에 있지 않을까 하는 생각을 해본다.